P9-CBK-394

DISCARD

LISTO?

PRESIONA AQUÍ Y DA VUELTA A LA PÁGINA.

¡BUENISIMO!
AHORA PRESIONA EL CíRCULO AMARILLO DE NUEVO.

¡PERFECTO!
AHORA FROTA EL CÍRCULO DE
LA IZQUIERDA . . . SUAVEMENTE.

¡BIEN HECHO!
Y AHORA EL DE LA DERECHA . . . SUAVEMENTE.

¡FABULOSO! CINCO TOQUES RÁPIDOS EN EL AMARILLO . . .

Y CINCO TOQUES EN EL ROJO . . .

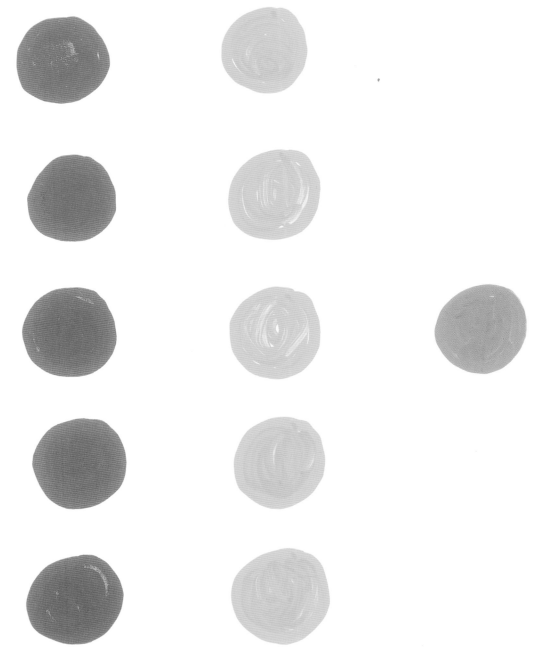

Y FINALMENTE CINCO TOQUES EN EL AZUL.

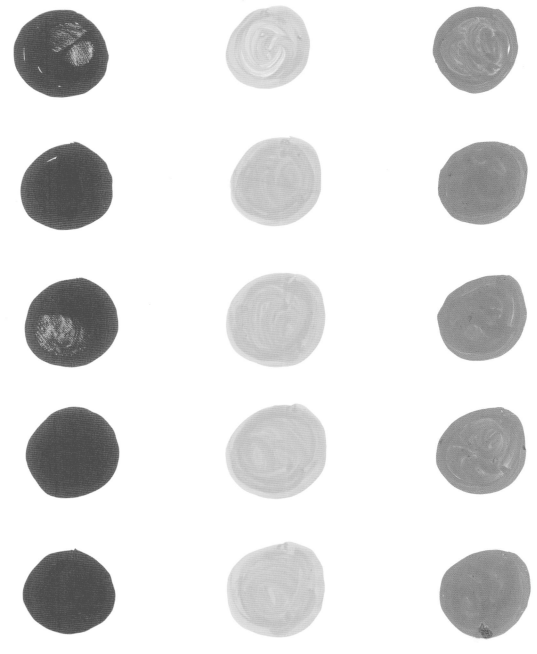

PERFECTO. TRATA DE AGITAR EL LIBRO . . . SÓLO UN POCO.

NO ESTÁ MAL. PERO TAL VEZ UN POCO MÁS FUERTE.

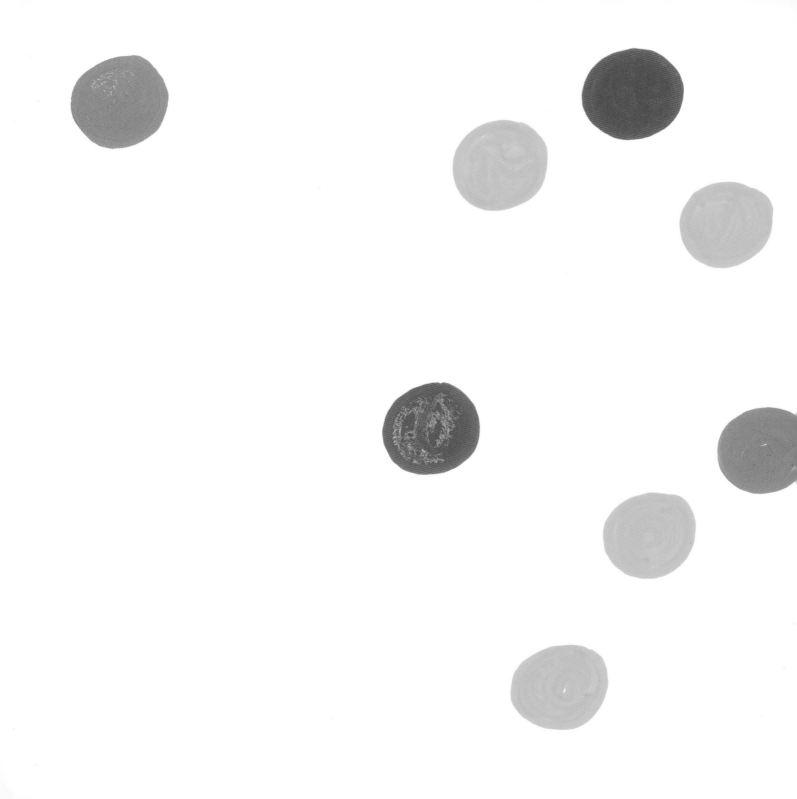

ALLÍ. BIEN HECHO. AHORA, INCLINA LA PÁGINA HACIA LA
IZQUIERDA . . . SÓLO PARA VER LO QUÉ SUCEDE.

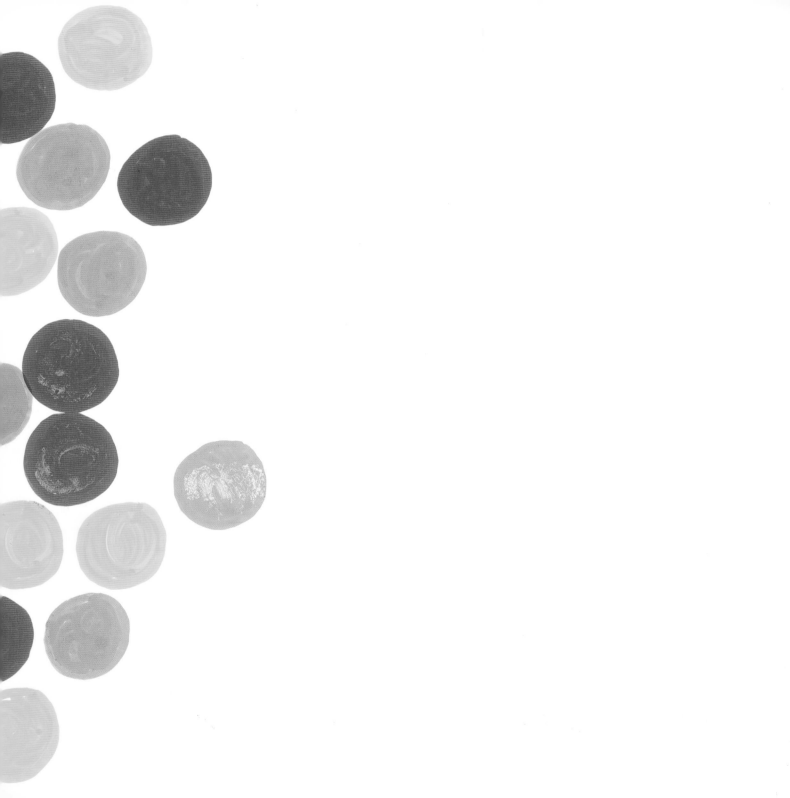

Y ENTONCES HACIA LA DERECHA . . . UN POCO MÁS.

¡EXCELENTE!
AGITA EL LIBRO UNA VEZ MÁS,
PARA QUE TODO VUELVA EN ORDEN.

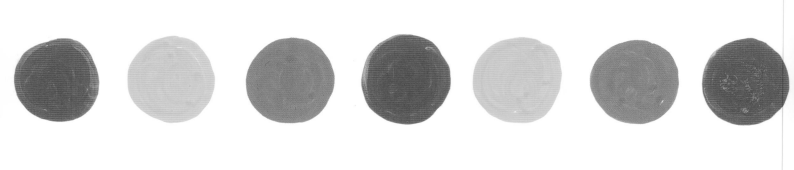

UMM . . . INTERESANTE.
TRATA DE PRESIONAR FUERTÍSIMAMENTE
SOBRE **TODOS** LOS CÍRCULOS AMARILLOS.

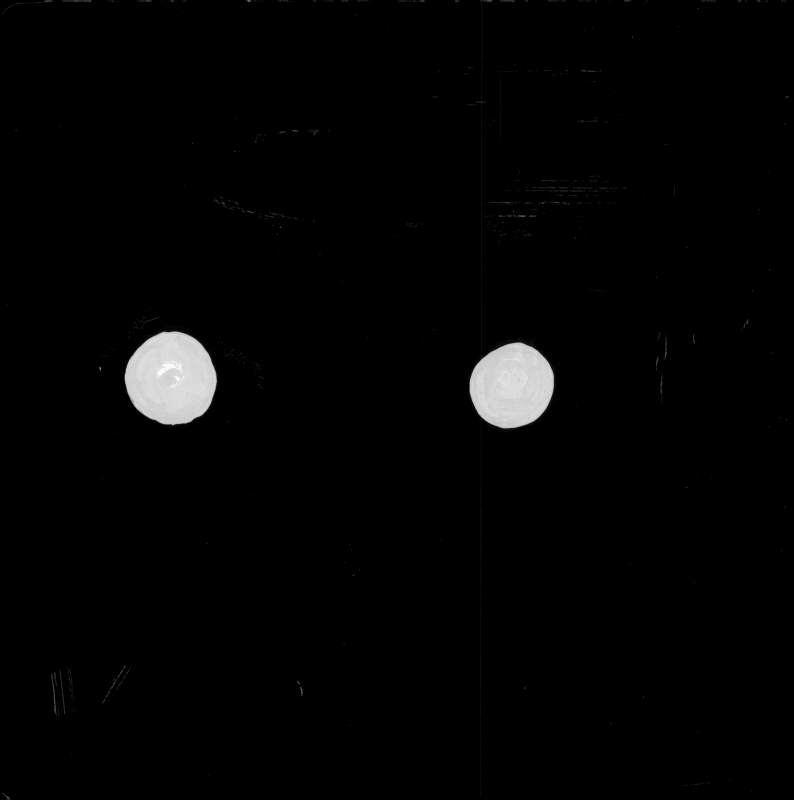

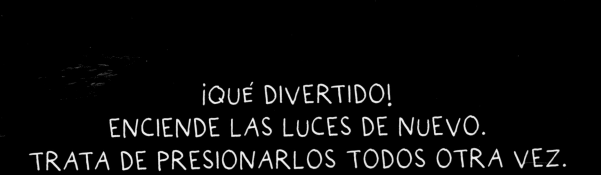

¡QUÉ DIVERTIDO!
ENCIENDE LAS LUCES DE NUEVO.
TRATA DE PRESIONARLOS TODOS OTRA VEZ.

¡PERFECTO!
(ESPERA. PARECE QUE DOS DE LOS CÍRCULOS HAN CAMBIADO DE LUGAR. ¿PERO CUALES SON?)

AHORA PRESIONA FUERTÍSIMAMENTE SOBRE TODOS
LOS CÍRCULOS. MUY FUERTE.

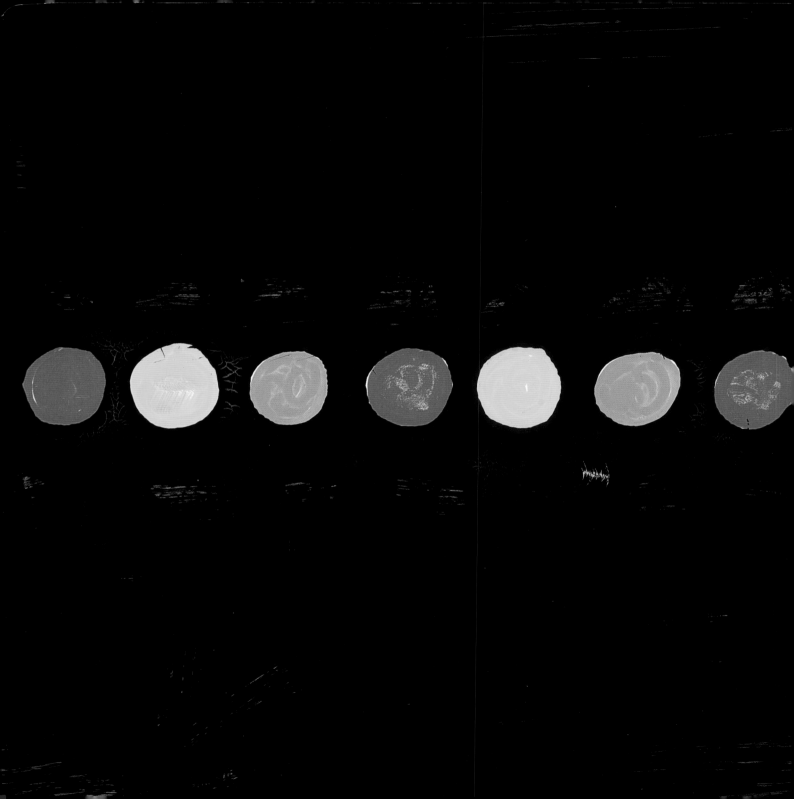

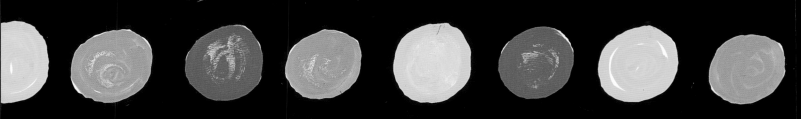

NO ESTÁ MAL. AGÍTALOS UN POCO.

LINDO, ¿NO TE PARECE?
TRATA DE SOPLAR SOBRE ELLOS,
PARA DESHACERSE DE LO NEGRO.

UMM. ¿TAL VEZ UN POCO MÁS FUERTE?

¡UF! A LO MEJOR FUE DEMASIADO FUERTE.
PARA EL LIBRO CON LA ESPALDA RECTA PARA
QUE LOS CÍRCULOS SE CAIGAN ABAJO OTRA VEZ.

¡ASÍ SE HACE! ¡PERFECTO!
AHORA, APLAUDE TUS MANOS UNA VEZ.

¡UAUU! ¿Y SI APLAUDES DOS VECES?

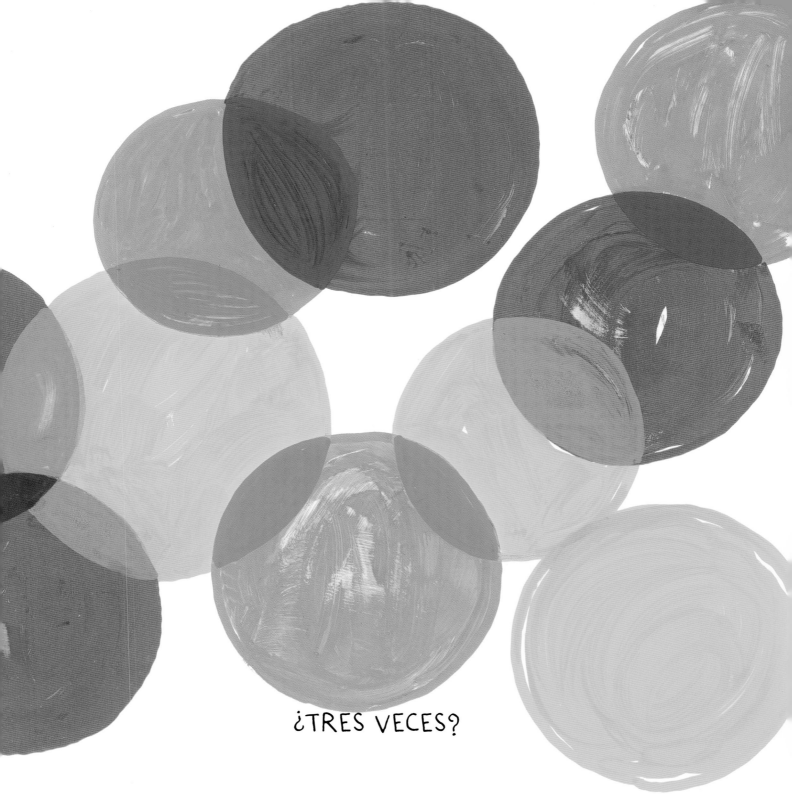

¿TRES VECES?

¡MÁS!

¡FANTÁSTICO! ¡SIGUE APLAUDIENDO!

¡MÁS, MÁS!

¡DEMASIADO FUERTE!
APRISA, PRESIONA EL CÍRCULO BLANCO.

VUELVE AL PRINCIPIO POR AQUÍ . . . .

¡BRAVO! ¿QUIERES HACERLO TODO DE NUEVO?

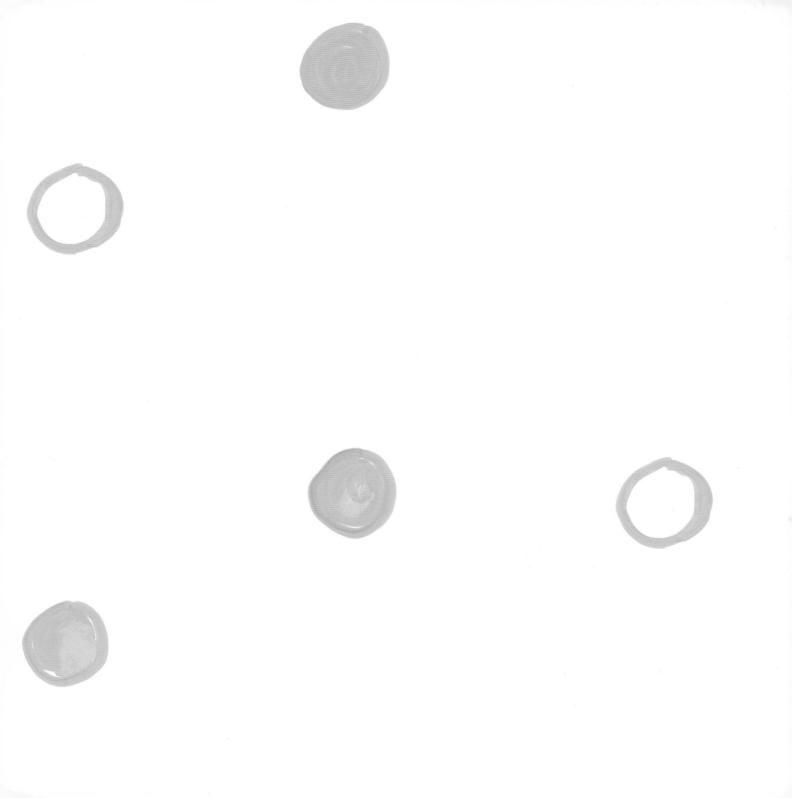

PRIMERA EDICIÓN EN ESPAÑOL PUBLICADO EN LOS ESTADOS UNIDOS EN 2012 POR CHRONICLE BOOKS LLC.

ILUSTRACIONES © 2010 POR BAYARD EDITIONS.
ORIGINALMENTE PUBLICADO EN FRANCIA EN 2010 POR BAYARD EDITIONS CON EL TÍTULO ORIGINAL UN LIVRE.
TRADUCCIÓN EN ESPAÑOL © 2012 POR CHRONICLE BOOKS LLC.

TEXTO TRADUCIDO AL ESPAÑOL POR PETER L. PEREZ DE LA TRADUCCIÓN EN INGLÉS.

TODOS LOS DERECHOS RESERVADOS.

NO SE PERMITE LA REPRODUCCIÓN PARCIAL O TOTAL, EN CUALQUIER MEDIO, SIN EL PERMISO PREVIO Y ESCRITO DEL EDITOR.

LIBRARY OF CONGRESS CATALOGING-IN-PUBLICATION DATA

TULLET, HERVÉ.
[LIVRE. SPANISH]
PRESIONA AQUÍ / HERVÉ TULLET ; [ILUSTRACIONES POR BAYARD EDITIONS ; TEXTO TRADUCIDO Y ADAPTADO AL ESPAÑOL POR PETER L. PEREZ]. — 1A. ED. EN ESPAÑOL.
P. CM.
"ORIGINALMENTE PUBLICADO EN FRANCIA EN 2010 POR BAYARD EDITIONS CON EL TITULO ORIGINAL: UN LIVRE."
SUMMARY: USING NO SPECIAL EFFECTS OTHER THAN THE READER'S IMAGINATION, A SERIES OF DOTS MULTIPLIES, GROWS, OR CHANGES COLOR BY PRESSING, TILTING, OR BLOWING ON THE PREVIOUS PAGE.
ISBN 978-1-4521-1287-9 (ALK. PAPER)
1. IMAGINATION— JUVENILE FICTION. 2. COLORS— JUVENILE FICTION.
[1. IMAGINATION— FICTION. 2. COLOR— FICTION. 3. SPANISH LANGUAGE MATERIALS.]
I. PEREZ, PETER L. II. BAYARD ÉDITIONS. III. TITLE.

PZ73.T79 2012
[E]— DC23

2012004255

IMPRESO EN CHINA.

10 9 8 7 6 5 4 3 2

HANDPRINT BOOKS
UN SELLO DE CHRONICLE BOOKS
680 SECOND STREET
SAN FRANCISCO, CA 94107

WWW.CHRONICLEKIDS.COM

WWW.HERVE-TULLET.COM

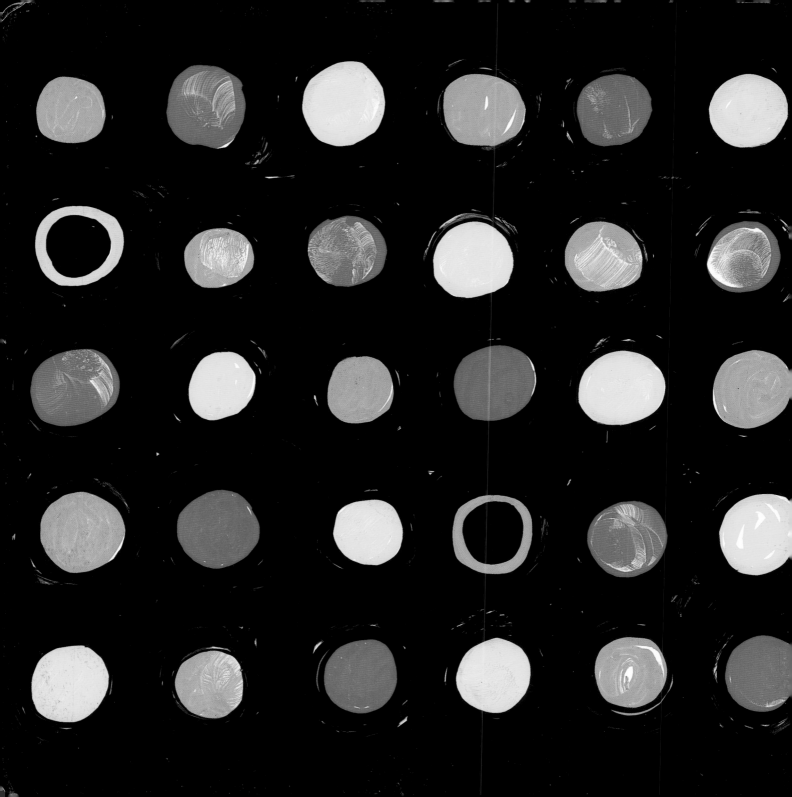